Nalle Puhs

lilla

klokbok

Text: Efter A. A. Milnes böcker om Nalle Puh *Bild:* E. H. Shepard

WINNIE THE POOH'S LITTLE BOOK OF WISDOM
First published in Great Britain 1999
Printed under the Methuen imprint by Egmont Children's Books Limited
239 Kensington High Street, London W8 6SA

Texter och bilder är hämtade och bearbetade från *Nalle Puh, Nalle Puhs hörna* (översättning av Brita af Geijerstam) och *När vi var mycket små* (översättning Britt G. Hallqvist)

Urval och bearbetning: Susan Hitches
Formgivning: Philip Powell

Tryckt i Hong Kong 2002
ISBN 91-638-1636-9

www.bonniercarlsen.se

Det har ingenting med hjärna att göra, sa Puh
blygsamt, för du vet hur det är, Kanin, men ibland
kommer det alldeles av sig självt.

Innan du börjar läsa

Puh är en björn med en Mycket Liten Hjärna så det är inte alltid han hittar de rätta orden. Trots det har han sagt en hel del kloka ord och tänkt många intressanta tankar av vilka några finns i den här lilla boken. Poesi, visor och visdomsord är inte saker man hittar, utan de kommer till en av sig själva, och det enda man kan göra är att gå där de kan få tag på en. Så, kära läsare, om du går där de kan hitta även dig kommer du att upptäcka att du inte kan hålla tassarna borta från denna lilla samling klokheter av en skarpsinnig och hjälpsam björn, den bästa björnen i världen: Nalle Puh.

Insikt

Puh började känna sig lite bättre till mods, för när man är en björn med Mycket Liten Hjärna och tänker ut saker, så får man ibland se att en idé som förefaller att vara riktigt idéaktig inne i hjärnan, är helt olika när den kommer ut i det fria och andra människor tittar på.

Händelse av verklig betydelse

När klockan är nästan elva är det dags för en liten godbit av något slag.

Att veta vad man har

Att kunna säga till sig själv: ”Jag har fjorton honungsburkar kvar.” Eller femton, vilket det nu är. Det är på något vis uppmuntrande.

Förväntan

Fastän det är förfärligt gott att äta honung, så finns det ett ögonblick alldeles innan man börjar äta den, som är nästan ännu bättre.

Framförhållning

Mången Björn, som går ut och går en sån här varm dag,
tänker inte på att ta en munsbit med sig.

En trevlig dag

När man gått miltals i blåsten och plötsligt går in i nåns hus, och han säger: "Hallå, Puh, du kom precis lagom för en munsbit av något slag", och man får det, då är det vad jag kallar en trevlig dag.

PLEZ CNOKE
IF AN RNSR
IS NOT REQID

Att ha det bra

– Det jag tycker mest om, sa Christoffer Robin, är att
göra Ingenting. Det är när nån ropar till en,
just när man ska gå ut:
"Vad ska du göra, Christoffer Robin?" och man säger:
"Å, just ingenting", och sen går man och gör det. Det är
att gå och ströva och lyssna på allt som man inte
kan höra, och ha det skönt.

Låtsas som det regnar

För att verka avspänd och helt tillfreds kan man gnola tiddeli-pom några gånger på ett vad-ska-vi-göra-nu-då-sätt.

En liten varning

När man ska ta honung med ballong är det förfärligt viktigt, att man inte låter bina veta att man kommer.

En fråga om smak

Fel sorts bin gör fel sorts honung.

Iskall logik

Det är ingen mening med att gå *hem* och öva på en utomhussång, för den måste sjungas när det snöar.

Håll i gång

Ibland är det rätta dagen att organisera någonting.

Bestäm dig

Om du alltid säger
"vi får se" händer det
aldrig någonsin någonting.

Undersök omgivningens möjligheter

När ens hus inte ser ut som ett hus utan som ett kullblåst träd är det hög tid att man skaffar sig ett nytt.

Antag

Antag att ett träd föll ned just när vi var under det.

Antag att det inte gjorde det.

Vara förutseende

Man vet aldrig, när ett snöre kan komma till användning.

Insiktsfullt

Det bästa är att veta vad man letar efter
innan man börjar leta efter det.

Acceptera dig själv som du är

– Puh, sa Kanin vänligt, du har inte mycket förstånd du.
– Jag vet det, sa Puh ödmjukt.

Utveckla din hjärna

Hur underbart det skulle vara att ha en Riktig Hjärna,
som kunde tala om saker och ting för en.

Överseende

Kanin är begåvad. Och han har Hjärna. Jag antar att det är därför han aldrig begriper nånting.

Självbevarelse

Puh har inte mycket förstånd, men han ställer aldrig till nånting tråkigt. Han gör dumma saker, men det blir alltid bra till slut.

Man kan inte vara bra på allt

Han hade aldrig varit styv på att gissa gåtor, eftersom han var en Björn med mycket liten hjärna.

Ledaregenskaper

Puh var säker på att en riktigt skarp hjärna skulle
kunna fånga en Heffaklump om han bara
visste det rätta sättet att gå till väga.

Visdom

Om man står på nedersta slån och lutar sig fram och ser hur ån långsamt flyter fram under en, då ska man plötsligt veta allt som finns att veta.

Hålla formen

Var björn som ej får gymnastik,
En vetebulle blir han lik.

Varför man inte kan det

Det är följden av att tycka så *hemskt* mycket om honung.

Sällskap

Det är verkligen ingen vidare mening med att uppleva intressanta saker som översvämningar,

om man inte får vara två om dem.
Det är bra mycket trevligare att vara två.

Respekt

Man kan inte låta bli att högakta en, som kan stava till

TISDAG.

Självuppskattning

– Vad för slags sagor tycker han om?
– Sagor om honom själv. Han är en sån björn.

Den bästa Björnen i världen.

Planering

– Det tar alltid längre tid än man tror,
sa Kanin.
– Hur lång tid *tror* du att det tar?
frågade Ru.

Handlingskraft

En dag när Nalle Puh inte hade något annat att göra, tänkte han, att han skulle göra något.

Ta beslut

Om man tänker efter en stund kan det hända att man kommer fram till ett mycket viktigt beslut.

Ta egna initiativ

Kanin lät aldrig saker komma av sig själva,
utan gick själv och hämtade dem.

Organisera sig

Det är det som man gör med en Jakt, när inte
alla letar på samma plats på en gång.

Mobilisering

Puh visste att det skulle hända Något Spännande, och han torkade bort honungen från nosen och sträckte upp sig för att verka beredd på Vadsomhelst.

Att umgås

– Låt oss gå och hälsa på *allihop,* sa Puh. Vi ska gå för att det är Torsdag, och vi kan önska dem alla en Glad torsdag.

Enkel filosofi

Ju mer man tänker, ju mer inser man att det
inte finns något enkelt svar.

När man är rädd

För att visa, att man inte alls blev rädd när man hoppade till kan man hoppa upp och ner ett par tre gånger liksom för att motionera sig.

Verka modig

Det är bara att gnola för sig själv som
om man väntade på något.

Fruktans ögonblick

Om man vänder sig om och får syn på en
Mycket Farlig Heffaklump som tittar ner på en,
glömmer man ibland vad man tänkte säga.

Vara försiktig

Man vet aldrig med bin, man vet aldrig med tasspår och man vet *aldrig* med Heffaklumpar.

Inget att oroa sig för

En sugande känsla i maggropen är ingenting att bekymra sig över, det betyder bara att man är hungrig.

Att vara någon annan

När någon frågar om du är du kan ni låtsas att
du inte är det och se hur det blir *då*.

Tid över

Medan man funderar på vad man ska göra
kan man slå sig ner och sjunga en visa.

Punktlighet

Kom inte för sent till det du vill komma i tid till.

Att vara spontan

Det är att göra en god gärning utan att tänka
på att det är en god gärning.

Ge inte upp

Om snöret inte håller, utan går av, är det bara att försöka med ett annat snöre.

Uppmuntran

Ingen kan vara *nere* med en ballong.

Säg det med blommor

Hur ledsamt det måste kännas för ett djur att aldrig ha fått en bukett violer av någon.

Gastronomisk besvikelse

”Närapå Te” är ett sådant där mål
som man genast glömmer igen.

Förvirring

Puh såg på sina två tassar. Han visste, att en av dem var den högra, och han visste, att när man hade beslutat sig för vilken som var den högra, så var den andra den vänstra, men han kunde aldrig komma ihåg, hur man skulle börja.

Inga förvaringsproblem

En praktisk burk kan göra en glad.
Den kan man lägga småsaker i.

Man kan undra

Att bli en Trogen Riddare, det kanske
betyder att bara fortsätta att vara trogen?

Se saken från den ljusa sidan

– Alla är bra, i *själva verket,* sa Puh.
Det tycker åtminstone *jag.*

Skick och fason

Man ska alltid säga adjö-och-tack-för-i-dag när man ska gå hem.

Vara mottaglig

Poesi och visor är inte saker man hittar, utan det är saker som hittar en, och det enda man kan göra är att gå där de kan få tag på en.

MR SANDERZ
RNIG
ALSO

Mod

Att darra invärtes är det modigaste sättet att inte darra som finns för ett mycket Litet Djur.

Se till att du behövs

– Utan Puh skulle äventyret vara en omöjlighet,
sa Kanin högtidligt …
– Omöjligt utan mig! En sådan björn är jag!
sa Puh stolt för sig själv.

Älska din nästa såsom dig själv

– Kära Nalle, sa Christoffer Robin,
vad jag tycker mycket om dig.
– Det gör jag med, sa Puh.

Ha det bra

– Vad jag tycker mest om i hela världen är, när jag och Nasse går och hälsar på dig, och du säger: ”Hur vore det med en liten munsbit?” och jag säger: ”Ja, inte för att jag har något emot en munsbit, har du, Nasse?” och det är en sån där surrande dag ute och fåglarna sjunger,
sa Puh till Christoffer Robin

Vis av erfarenhet

– Det var lustigt, sa Puh. Jag tappade den på andra sidan,
sa Puh, och den kommer fram på den här sidan!
Jag undrar om den kan göra om det?
Och han gick och hämtade fler tallkottar.
Det gjorde den. Flera gånger.

Se upp!

Att sticka fram nosen kan vara obehagligt.
Det kan även en sticka där bak.

HUN

Vara en bra lyssnare

– Det finns tolv honungsburkar i mitt skafferi, och de har ropat på mig i timmar. Jag kunde inte höra dem ordentligt förut, för Kanin bara pratade, men om ingen säger något utom de tolv burkarna, Nasse, så kommer jag att veta, varifrån de ropar, sa Puh.

Bry dig om …

En smula hänsyn och en smula omtanke är det enda som behövs. Var snäll och omtänksam!

A. A. MILNE

A. A. Milne (1882 – 1956) var redan känd som dramatiker och romanförfattare när hans bok *Nalle Puh* kom ut 1926. Berättelserna om Nalle Puh var skrivna för sonen Christoffer Robin vars leksaker fick stå modell för bokens figurer. Sjumilaskogen, där äventyren med Nalle Puh och de andra djuren utspelar sig, har sin förebild i Ashdown Forest där familjen Milne bodde. De kloka små styckena i den här boken finns i böckerna *Nalle Puh* och *Nalle Puhs hörna* och *När vi var mycket små.*

E. H. SHEPARD

E. H. Shepard (1879 – 1976) kom att bli känd som mannen som tecknade Nalle Puh. Redan som ung var han skicklig på att teckna. Han utbildade sig på Royal Academy of Arts och hyllades som både tecknare, målare och tidningsillustratör. Hans träffande och ömsinta bilder av Nalle Puh och alla de andra i Sjumilaskogen bidrar i lika hög grad som texten till berättelsernas popularitet. Shepards bilder i böckerna om Nalle Puh är kända över hela världen.